La sonrisa vertical

𝒞olección de 𝓔rótica dirigida
por 𝓛uis 𝒢. 𝓑erlanga

Libros de Georges Bataille en Tusquets Editores

ENSAYO
Las lágrimas de Eros
El erotismo

LA SONRISA VERTICAL
Historia del ojo
Mi madre
Madame Edwarda seguido de El muerto
El azul del cielo

CUADERNOS ÍNFIMOS
El verdadero Barba-Azul. La tragedia
de Gilles de Rais

FÁBULA
El azul del cielo
El erotismo

Georges Bataille

Madame Edwarda
seguido de
El muerto

Ilustraciones de Hans Bellmer

Títulos originales: *Madame Edwarda, Le mort*

1.ª edición: enero de 1981
2.ª edición: marzo de 1988
3.ª edición: abril de 2009

© Société Nouvelle des Éditions Pauvert, 1956 para *Madame Edwarda*
y 1967 para *El muerto*

Traducción de *Madame Edwarda:* Antonio Escohotado; traducción de
El muerto: Eusebio Fontalba
Diseño de la colección: Clotet-Tusquets
Diseño de la cubierta: BM
Reservados todos los derechos de esta edición para
Tusquets-Editores, S.A. - Cesare Cantù, 8 - 08023 Barcelona
www.tusquetseditores.com
ISBN: 978-84-7223-324-9
Depósito legal: B. 14.577-2009
Fotocomposición: David Pablo
Impresión: Liberdúplex, S.L.
Encuadernación: Reinbook
Impreso en España

Queda rigurosamente prohibida cualquier forma de reproducción, distribución, comunicación pública o transformación total o parcial de esta obra sin el permiso escrito de los titulares de los derechos de explotación.

Índice

Madame Edwarda
P. 13 Nota del editor para la edición francesa de 1956
15 Prefacio, *de Georges Bataille*
29 Madame Edwarda

75 El muerto

Madame Edwarda

DIVINUS DEUS

Nota del editor
para la edición francesa de 1956

> El que el libro más incongruente sea finalmente el más bello, y quizás el más tierno, es lo más escandaloso.
>
> Maurice Blanchot

Georges Bataille publicó Madame Edwarda, *con el seudónimo de Pierre Angélique, en 1941 y 1945, en ediciones clandestinas de cincuenta ejemplares cada una. Con el mismo seudónimo, nos confió, en 1956, la primera edición comercial, pero consintió en firmar con su nombre tan sólo el Prefacio. Georges Bataille seguía siendo por entonces director de la Biblioteca de Orléans, y –con razón– su condición de funcionario le parecía poco compatible con posibles persecuciones por «ultraje a las buenas costumbres mediante la palabra escrita».*

Han pasado diez años. Georges Bataille está muerto, y los 1.500 ejemplares de Madame Edwarda *han acabado por encontrar, uno tras otro, su destinatario. Nada se opone ya a que, encabezando este pequeño libro, fi-*

gure el verdadero nombre de un autor cuya influencia ha ido en aumento con el paso de los años.

Al mismo tiempo que esta reedición, pero, por separado, presentamos una obra inédita: Mi madre,* *que, en el proyecto de Georges Bataille, debía figurar después de* Madame Edwarda, *en un volumen que debía incluir igualmente otros dos textos:* Charlotte d'Ingerville *y* Paradoja sobre el erotismo. *En la introducción a* Mi madre *damos otras precisiones sobre esta empresa inacabada.*

---

* Publicado en esta misma colección (La Sonrisa Vertical 19). *(N. del E.)*

Prefacio

> La muerte es lo más terrible, y mantener la obra de la muerte es lo que más fortaleza exige.
>
> Hegel

El propio autor de *Madame Edwarda* ha llamado ya la atención sobre la gravedad de su libro. Sin embargo, me parece oportuno insistir en ello debido a la ligereza con la que se suelen considerar los escritos que tratan de la vida sexual. No es que abrigue la esperanza –o la intención– de cambiar nada. Pero pido al lector de mi prefacio que reflexione un instante sobre la actitud tradicional que acostumbra a adoptarse ante el placer (que, en el juego de los sexos, alcanza la intensidad del delirio) y ante el dolor (que la muerte apacigua, ciertamente, pero que, antes, conduce a lo peor). Un conjunto de condicionamientos nos lleva a concebir del hombre (¿de la Humanidad?) una imagen tan alejada del placer extremo como del dolor extremo: las prohibiciones más comunes recaen unas sobre la vida sexual y otras sobre la muerte, de tal manera que una y otra forman un dominio sagrado que emana de la religión. Lo más penoso empezó cuando tan sólo las prohibiciones relativas a las circunstancias de la desaparición del ser quedaron marcadas por la gravedad, mientras que aquellas relativas a las circunstancias de la aparición –toda la actividad biológica– se tomaron a la ligera. No voy a protestar contra la tendencia arraigada de la mayoría: es la expresión de un destino que quiso que el hombre se riera de sus órganos reproductores. Pero esa risa, que revela la oposición del placer y del dolor (el dolor y la muerte son dignos de respeto, mientras que el placer es irrisorio, destinado al desprecio), determina también su parentesco fundamental. La risa deja de ser respetuosa, y es signo del horror. La risa es la actitud de compromiso que adopta el hombre en presencia de un aspecto que le repugna, cuando ese aspecto no parece grave. Asimismo, el erotismo, considerado con gravedad, trágicamente, lo trastoca todo.

Ante todo quiero precisar hasta qué punto son vanas esas afirmaciones triviales según las cuales la prohibición sexual es un prejuicio del que ya es hora de deshacerse. La vergüenza, el pudor, que acompañan al sentimiento profundo del placer, no serían sino pruebas de falta de inteligencia. Sería como decir que deberíamos hacer al fin tabla rasa y volver al tiempo de la animalidad, de la libre devoración y de la indiferencia hacia las inmundicias. Como si la humanidad entera no proviniera de grandes y violentos movimientos de horror seguidos de atracción, a los cuales se vinculan la sensibilidad y la inteligencia... Pero, sin querer oponer nada a la risa que provoca la indecencia, podemos remitirnos, en parte, a un aspecto que sólo la risa desencadena.

En efecto, la risa justifica una forma de condena deshonrosa. La risa nos encamina hacia donde el principio de una prohibición, de necesarias e inevitables decencias, se convierte en obtusa hipocresía, en incomprensión de lo que está en juego. La extrema licencia, cuando se asocia a la diversión, va siempre acompañada del rechazo a tomarse en serio –quiero decir: *a lo trágico*– la verdad del erotismo.

El prefacio de este librito, en que el erotismo se presenta sin ambages, abriéndose a la conciencia de un desgarramiento, me brinda la ocasión de hacer un llamamiento que desearía que fuera de cariz patético. No es que me sorprenda de que el espíritu se vuelva la espalda a sí mismo y pase a ser, en su obstinación, la caricatura de su verdad. Después de todo, si el hombre necesita la mentira, ¡allá él! El hombre, quien, quizá, tiene su orgullo, es ahogado por la masa humana... Pero, en definitiva, jamás olvidaré lo que de violento y maravilloso hay en la voluntad de abrir los ojos, de ver cara a cara *qué ocurre, qué hay*. ¡No sabría *qué ocurre* si no conociera el placer extremo, si ignorara el extremo dolor!

Entendámonos. Pierre Angélique se cuida de decirlo: nada sabemos, y vivimos en la profundidad de la noche. Pero al menos podemos ver lo que nos engaña, lo que nos impide conocer nuestra miserable aflicción, y –para ser más exactos– lo que nos impide saber que la alegría es lo mismo que el dolor, lo mismo que la muerte.

Aquello de lo que nos desvía esa gran risa, que suscita la licenciosa diversión, es la identidad del placer extremo y del dolor extremo: la identidad del ser y de la muerte, del saber que se estrella en esa deslumbrante perspectiva y de la oscuridad definitiva. Sin duda, podremos finalmente reírnos de esa verdad, pero esta vez con una risa absoluta, que no se detendrá ante el desprecio de lo que pueda resultar repugnante, pero cuyo asco nos envilecerá.

Para llegar al borde del éxtasis, allí donde nos perdemos en el goce, debemos ponerle siempre un límite inmediato: el horror. Al aproximarme al momento en que el horror me arrebatará, el dolor de los demás, o el mío propio, no sólo puede hacerme llegar al estado de goce que se desliza hacia el delirio, sino que no existe forma alguna de repugnancia en la cual no discierna una afinidad con el deseo. No es que el horror se confunda con la atracción, pero, si no puede inhibirlo, destruirlo, *¡el horror refuerza la atracción!* El peligro paraliza, pero si es menos fuerte, puede despertar el deseo. Sólo llegamos al éxtasis desde la perspectiva, aunque lejana, de la muerte, de lo que nos destruye.

Un hombre se diferencia de un animal en que ciertas sensaciones le hieren y le anulan en lo más íntimo. Estas sensaciones varían según el individuo y las maneras de vivir. Pero la vista de la sangre y el olor del vómito, al suscitar en nosotros el horror de la muerte, nos provocan a menudo unas náuseas capaces de afectarnos aún más cruelmente que el dolor. No soportamos esas sensaciones asociadas al vértigo supremo. Ciertas personas prefieren la muerte al contacto de una serpiente, aunque sea inofensiva. Hay un territorio en el que la muerte ya no significa tan sólo la desaparición, sino el movimiento intolerable en el que desaparecemos *a pesar nuestro,* cuando, *a toda costa,* deberíamos no desaparecer. Es precisamente este *a toda costa* y este *a pesar nuestro* lo que determina el momento del goce extremo y del éxtasis innombrable pero maravilloso. Si no hay nada que nos supere, que nos supere *a pesar nuestro* y que *a toda costa* no deba producirse, no alcanzamos el momento *insensato* hacia el que tendemos con todas nuestras fuerzas y que, al mismo tiempo, rechazamos con todas nuestras fuerzas.

El placer sería despreciable si no fuese esa superación aterradora, que no es tan sólo propia del éxtasis sexual y que los místicos de distintas religiones, y en particular los cristianos, también conocieron. El ser nos es dado en un *intolerable* desbordamiento del ser, no menos intolerable que la muerte. Y como en la muerte, al mismo tiempo que nos es dado nos es retirado, debemos buscarlo en el *sentimiento* de la muerte, en esos momentos intolerables en los que nos parece que morimos, porque el ser en nosotros ya no está ahí sino por exceso, cuando coinciden la plenitud del horror y la del goce.

Incluso el pensamiento (la reflexión) sólo se consume en nosotros mediante el exceso.

Fuera de la representación del exceso, ¿qué significa la verdad, si no vemos lo que excede a la posibilidad de ver, lo que resulta intolerable ver, como, en el éxtasis, lo que es intolerable gozar? ¿Si no pensamos lo que excede a la posibilidad de pensar...?*

Tras esta reflexión patética, que se aniquila a sí misma en un grito, al zozobrar en la intolerancia de sí misma, volvemos a encontrar a Dios. Es el sentido, es la enormidad de este libro *insensato*: este relato pone en juego, en la plenitud de sus atributos, a Dios mismo; y este Dios es, sin embargo, una

---

* Me disculpo por añadir aquí que esta definición del ser y del exceso no puede fundamentarse filosóficamente, pues el exceso excede el fundamento: el exceso es aquello por lo que el ser se sitúa ante todo, antes que nada, fuera de todos los límites. El ser se encuentra también, sin duda, dentro de los límites: éstos nos permiten hablar (yo hablo también, pero, al hablar, no olvido que la palabra no sólo se me escapará, sino que se me escapa ya). Estas frases, metódicamente ordenadas, son posibles (y lo son en gran medida porque el exceso es la excepción, lo maravilloso, el milagro...; y el exceso designa la atracción –o también el horror–, todo cuanto es más de lo que es), pero su imposibilidad ya viene dada. De tal manera que jamás me ató, ni me esclavizó, pues conservo mi soberanía, de la que sólo mi muerte –probando la imposibilidad de limitarme al ser sin exceso– me priva. No rechazo el conocimiento, sin el cual no escribiría, pero esta mano que escribe *se muere* y, gracias a la muerte que le han prometido, escapa, escribiendo, a los límites aceptados (aceptados por la mano que escribe, pero rechazados por la que muere). *(N. del A.)*

mujer pública, igual a todas las demás. Pero lo que no ha podido decir el misticismo (desfallecía en el momento de decirlo) lo dice el erotismo: Dios no es nada si no es superación de Dios en todos los sentidos; en el sentido del ser vulgar, en el del horror y en el de la impureza; en definitiva, en el sentido de nada... No podemos añadir impunemente al lenguaje la palabra que supera las palabras, la palabra *Dios;* tan pronto como lo hacemos, esta palabra, superándose a sí misma, destruye vertiginosamente sus límites. Lo que es no retrocede ante nada. Está allí donde es imposible esperarla: ella misma es una *enormidad.* Cualquiera que tenga la más ligera sospecha se calla de inmediato. O, buscando la salida, y aun sabiendo que se apuñala a sí mismo, busca en sí aquello que, pudiendo aniquilarla, a la palabra *Dios*, la hace parecida a Dios, parecida a nada.[*]

---

[*] He aquí, pues, la primera teología propuesta por un hombre a quien ilumina la risa y que se digna no limitar *aquello que desconoce el límite.* ¡Marcad con una antorcha el día en que leáis, vosotros que habéis palidecido ante los textos de los filósofos! ¿Cómo puede expresarse quien les hace callar sino de una manera para ellos inconcebible? *(N. del A.)*

En esta vía inenarrable, en la que nos conduce el más incongruente de todos los libros, podría, no obstante, suceder que aún quede algo por descubrir.

Por ejemplo, la felicidad...

El júbilo se encontraría precisamente en la perspectiva de la muerte (enmascarado bajo el aspecto de su contrario, la tristeza).

No me siento en absoluto inclinado a pensar que la voluptuosidad sea lo esencial en este mundo. El hombre no está limitado al órgano del goce. Pero este inconfesable órgano le enseña su secreto. Puesto que el goce depende de la perspectiva deletérea abierta* al espíritu, es probable que trampeemos e intentemos acceder al gozo aproximándonos lo menos posible al horror. Las imágenes que despiertan el deseo, o provocan el espasmo final, suelen ser sospecho-

---

* Podría señalar, además, que el exceso es el principio mismo de la reproducción sexual: *¡la divina providencia* quiso que su secreto permaneciera legible en su obra! ¿Podría habérsele ahorrado algo al hombre? ¡El día mismo en que se percata de que pierde pie, se le dice que lo pierde *providencialmente!* Pero, por mucho que libere al niño de la blasfemia, es blasfemando y escupiendo sobre su límite como goza el más miserable; es blasfemando como se convierte en Dios. Tanto es así que la *creación* es inextricable, irreductible a otro movimiento de espíritu que no sea la certeza de exceder, siendo excedido. *(N. del A.)*

sas, equívocas: si lo que vislumbran es el horror, o la muerte, lo hacen siempre de una manera simulada. Incluso en la perspectiva de Sade, la muerte se remite al *otro,* y el *otro* es ante todo una deliciosa expresión de la vida. El territorio del erotismo está condenado a la astucia. El objeto que provoca el movimiento de Eros se presenta como otro del que es en realidad. Tanto es así que, en materia de erotismo, son los ascetas los que tienen razón. Los ascetas dicen que la belleza es la trampa del diablo: de hecho, sólo la belleza hace tolerable la necesidad de desorden, de violencia e indignidad, que es la raíz del amor. No puedo examinar aquí con detalle delirios cuyas formas se multiplican y de los que el amor puro nos da a conocer disimuladamente el aspecto más violento, que lleva a los límites de la muerte el exceso ciego de la vida. Sin duda, la condenación ascética es grosera, cobarde y cruel, pero se acomoda al temblor, sin el cual nos alejamos de la verdad de la noche. No hay razón para dar al amor sexual una relevancia que sólo corresponde a la vida entera, pero, si no lleváramos la luz al punto mismo donde cae la noche, ¿cómo nos sabríamos —tal como ocurre— hechos de la proyección del ser en el horror? ¿Cómo, si zozobra en el vacío nauseabundo que *a toda costa* debía evitar...?

¡Nada es, sin duda, más temible! ¡Cuán irrisorias deberían parecernos las imágenes del infierno en los pórticos de las iglesias! ¡El infierno es la idea vaga que Dios nos da involuntariamente de sí mismo! Pero, a escala de la pérdida ilimitada, recobramos el triunfo del *ser,* quien no tuvo más que acomodarse al movimiento que lo hace perecedero. El ser se invita a sí mismo a la terrible danza, cuya síncopa es el ritmo danzante, y que debemos tomar tal como es, conociendo tan sólo el horror al que se acomoda. Si nos falla el valor, no habrá nada que nos atormente más. El suplicio jamás dejará de atosigarnos: si nos faltara, ¿cómo podríamos vencerlo? Pero el *ser abierto* sin reserva —a la muerte, al suplicio, al júbilo—, el ser abierto y muriente, doloroso y dichoso, aparece ya en su velada luz: esta luz es divina. Y el grito que este ser profiere, con la boca torcida quizás, es un inmenso *aleluya,* perdido en el silencio infinito.

Georges Bataille

Si todo te da miedo, lee este libro, pero, antes, escúchame: si ríes, es porque tienes miedo. Un libro, piensas, es algo inerte. Es posible. ¿Y si, como suele ocurrir, no supieras leer? ¿Deberías temer...? ¿Estás solo? ¿Tienes frío? ¿Sabes hasta qué punto el hombre es «tú mismo»? ¿Imbécil? ¿Y desnudo?

MI ANGUSTIA ES AL FIN LA SOBERANA ABSOLUTA: MI SOBERANÍA MUERTA ESTÁ EN LA CALLE. INASEQUIBLE —A SU ALREDEDOR UN SILENCIO SEPULCRAL—, AGAZAPADA A LA ESPERA DE ALGO TERRIBLE, Y SIN EMBARGO SU TRISTEZA SE RÍE DE TODO.

En una esquina, la angustia, una angustia sucia y embriagadora, me descompuso (quizá por haber visto a dos mujeres furtivas en la escalera de un retrete). En esos momentos, me entran ganas de vomitar. Debería desnudarme, o desnudar a las mujeres a las que anhelo: me aliviaría la tibieza de sus carnes ajadas. Pero recurrí al más pobre de mis medios. Pedí en el bar un Pernod, que bebí de un trago; seguí de barra en barra hasta que...

La noche acababa de caer.

Empecé a vagar por las calles propicias, que van del cruce Poissonnière a la Rue

Saint-Denis. La soledad y la oscuridad acabaron con mi embriaguez. La noche estaba desnuda en las calles desiertas, y quise desnudarme como ella: me quité el pantalón y me lo colgué del brazo; me habría gustado atar el frescor de la noche a mis piernas; me arrebataba una aturdidora libertad. Me sentía crecido. Llevaba en la mano mi sexo erecto.

(Mi entrada en materia es dura. Habría podido evitarlo y seguir siendo «verosímil». Me interesan los desvíos. Pero, así es: el comienzo no tiene desvío. Sigo... aún más duro...)

Inquieto por algún ruido, volví a ponerme el pantalón y me dirigí a Les Glaces, donde recobré la luz. En medio de un enjambre de mujeres, Madame Edwarda, desnuda, sacaba la lengua. Era, para mi gusto, encantadora. La elegí; se sentó junto a mí. Apenas tuve tiempo de contestar al camarero: me apoderé de Edwarda, quien se abandonó; nuestras bocas se entremezclaron en un beso enfermo. La sala estaba repleta de hombres y mujeres, y éste fue el desierto en el que se prolongó el juego. Por un instante, su mano se deslizó, me rompí bruscamente como un vidrio y temblé en mis calzones; sentí que Madame Edwarda, cuyas nalgas contenían mis manos, se desgarraba también: y, en sus ojos desorbitados, traspuestos, el terror; en su garganta, un largo estrangulamiento.

Recordé que había deseado ser infame o, más bien, que esto debería haberse producido a toda costa. Adiviné risas en el tumulto de voces, luces y humo. Pero nada importaba ya. Estreché a Edwarda en mis brazos, ella me sonrió: inmediatamente, acongojado, sentí un nuevo trastorno; una especie de silencio se abatió sobre mí desde lo alto y me dejó helado. Me alzaba en un vuelo de ángeles sin cuerpo ni cabeza, hechos de un deslizamiento de alas, pero todo era muy simple: me entristecí y me sentí abandonado, como lo estamos en presencia de DIOS. Era peor y más delirante que la embriaguez. Y sentí, por encima de todo, tristeza ante la idea de que esa inmensidad que caía sobre mí me privaría de los placeres que esperaba disfrutar con Edwarda.

Me encontré absurdo: Edwarda y yo no habíamos intercambiado dos palabras. Experimenté un momento de gran malestar. Nada habría podido decir de mi estado: ¡en el tumulto y entre las luces, la noche caía sobre mí! Quise desplazar la mesa, volcarlo todo: la mesa estaba clavada, fija en el suelo. Un hombre no puede soportar nada más cómico. Todo había desaparecido, la sala y Madame Edwarda. Sólo la noche...

Una voz demasiado humana me arrancó del aturdimiento. La voz de Madame Edwarda, al igual que su cuerpo grácil, era obscena.

–¿Quieres ver mis trapos? –dijo.

Me volví hacia ella con las manos agarradas a la mesa. Sentada, sostenía una pierna abierta; para enseñar mejor la hendidura se estiraba la piel con las dos manos. Así me miraban los «trapos» de Edwarda, velludos y rosados, llenos de vida, como un pulpo repugnante.

–¿Por qué haces eso? –balbuceé lentamente.

–Ya ves –dijo ella–, soy DIOS...

–Me estoy volviendo loco...

–No, debes mirar: ¡mira!

Su voz ronca se suavizó, se volvió casi infantil para decirme con lasitud, con la infinita sonrisa del abandono: «¡Cómo he gozado!».

Pero ella mantenía su posición provocadora.

–¡Besa! –me ordenó.
–Pero... –protesté yo–, ¿delante de todos?
–¡Claro!

Yo temblaba: la miraba, inmóvil; ella me sonreía tan suavemente que me hacía temblar. Al fin, me arrodillé, titubeé y apoyé mis labios en la llaga. Su muslo acarició mi oreja: me pareció oír un ruido de olas, el mismo que oímos al acercar el oído a grandes caracolas. Quedé extrañamente suspendido en el absurdo del burdel y la confusión que me rodeaba (creo haberme sofocado, me sonrojé, sudaba), como si Edwarda y yo nos hubiéramos perdido en una noche de viento frente al mar.

Escuché otra voz, que venía de una mujer fuerte y bella, honorablemente vestida.
–Hijos míos –pronunció la voz hombruna–, es hora de subir.

La encargada recogió mi dinero, yo me levanté y seguí a Madame Edwarda, cuya tranquila desnudez atravesó la sala. Pero el simple paseo entre las mesas repletas de mujeres y clientes, ese rito grosero de la «dama que sube» seguida por el hombre que le hará el amor, no fue en ese momento para mí sino una alucinante solemnidad: los tacones de Madame Edwarda sobre el suelo cuadriculado, el contoneo de ese largo cuerpo obsceno, el olor acre de mujer que goza, aspirado por mí en ese cuerpo blanco... Madame Edwarda iba delante de mí... por las nubes. La tumultuosa indiferencia de la sala ante su dicha, ante la comedida gravedad de sus pasos, era consagración real y fiesta florida: la muerte misma participaba en la fiesta, en tanto que la desnudez del burdel recuerda al cuchillo del carnicero.

....
....
....
....
....
....

....
....
.... los espejos que tapizaban las paredes, y que forraban el techo, multiplicaban la imagen animal de un apareamiento: al más ligero movimiento, nuestros corazones exhaustos se abrían al vacío donde nos perdía la infinidad de nuestros reflejos.

Al fin, el placer nos trastornó. Nos levantamos y nos contemplamos gravemente. Madame Edwarda me fascinaba; jamás había visto mujer más bella –ni más desnuda–. Sin dejar de mirarme, sacó de un cajón unas medias blancas de seda: se sentó en la cama

y se las puso. La poseía el delirio de estar desnuda: una vez más separó las piernas y se abrió; la desnudez acre de nuestros cuerpos nos lanzaba al mismo agotamiento del corazón. Se puso una chaquetilla blanca y disimuló su desnudez bajo una gran capa: la capucha de la capa le cubría la cabeza; un antifaz con ribete de encaje ocultaba su rostro. Así vestida, se me escapó, y dijo:
–¡Salgamos!

–Pero... ¿puedes salir? –le pregunté.
–Date prisa, hijo –replicó ella jovialmente–. ¡No puedes salir desnudo!
Me tendió mis ropas, y fue ayudándome a vestirme; pero, al hacerlo, mantenía a veces, caprichosamente, un disimulado intercambio de su carne y la mía. Bajamos una escalera estrecha, donde topamos con una sirvienta. En la súbita oscuridad de la calle, me asombré al descubrir que Edwarda, vestida de negro, me rehuía. Se apresuraba, escapándose: el antifaz que la ocultaba le daba

un aire animal. No hacía frío y, sin embargo, yo temblaba. Edwarda se alejaba, ajena; había un cielo estrellado, hueco y demente sobre nuestras cabezas: pensé en resistirme, pero seguí.

A esa hora de la noche la calle estaba desierta. De repente, malvada y sin decir una palabra, Edwarda corrió sola. Ante ella, la Puerta de Saint-Denis: se detuvo. Yo no me había movido; inmóvil como yo, Edwarda esperaba bajo la puerta, en el centro del arco. Era enteramente negro, simple, angustioso como un agujero; comprendí que no reía e incluso, exactamente, que, bajo la ropa que la velaba, estaba ahora ausente. Supe entonces –disipada en mí toda embriaguez– que Ella no había mentido, que era DIOS. Su presencia poseía la ininteligible simplicidad de una piedra; en plena ciudad, yo tenía la sensación de ser la noche en la montaña, rodeado de soledades sin vida.

Me sentí liberado de Ella –estaba solo ante aquella piedra negra–. Temblaba, adivinando ante mí aquello que el mundo tiene de más desierto. No se me escapaba en momento alguno el horror cómico de mi situación: aquel cuyo aspecto, ahora, me helaba, en el instante anterior... El cambio se había producido como cuando uno se desliza. En Madame Edwarda, el luto –un luto sin dolor y sin lágrimas– había dado paso a un silencio hueco. Y, sin embargo, quise saber: aquella mujer, ahora tan desnuda, que jovialmente me llamaba «hijo»... Crucé la calle; la angustia me decía que me detuviera, pero seguí.

Se deslizó, muda, retrocediendo hacia el pilar de la izquierda. Estaba yo a dos pasos de aquella puerta monumental; cuando penetré bajo el arco de piedra, la capa desapareció sin ruido. Escuché, conteniendo la respiración. Me asombraba captar tan bien: cuando corrió, supe que a toda costa debía correr y precipitarse bajo la puerta; cuando se detuvo, quedó suspendida en una especie de ausencia, muy lejos de posibles risas. Ya no la veía: una oscuridad de muerte caía de las bóvedas. Sin haberlo pensado ni un instante, «sabía» que se iniciaba un tiempo de agonía. Lo aceptaba, deseaba sufrir, ir más lejos, ir, aunque fuese abatido, hasta el «vacío» mismo. Conocía, quería conocer, ávido de su secreto, sin dudar un instante de que la muerte reinaba en ella.

Gimiendo bajo la bóveda, estaba aterrado, reía:

–¡El único hombre en trasponer la nada de este charco!

Temblaba ante la idea de que ella pudiera huir, desaparecer para siempre. Temblaba al aceptarla, pero me volvía loco cuando la imaginaba; me precipité, dando la vuelta al pilar. Di la vuelta, con la misma rapidez, al pilar de la derecha. Ella había desaparecido, pero yo no podía creerlo. Permanecí abrumado ante la puerta y estaba a punto de hundirme en la desesperación cuando percibí, al otro lado de la calle, inmóvil, la capa, que se confundía con las sombras. Edwarda estaba de pie, siempre sensiblemente ausente, ante una terraza de café en perfecto orden. Me dirigí hacia ella: parecía enloquecida, sin duda procedente de otro mundo, y, así, en la calle, era más niebla tardía que fantasma. Retrocedió suavemente ante mí hasta tropezar con una mesa de la terraza vacía.

Como si la hubiera despertado de pronto, pronunció con una voz sin vida:

–¿Dónde estoy?

Desesperado, le señalé el cielo hueco sobre nuestras cabezas. Ella miró; permaneció un instante, bajo la máscara, con los ojos vagos, perdidos en campos de estrellas. Yo la sostenía; sus dos manos mantenían cruzada la capa sobre el pecho de un modo enfermizo. Empezó a retorcerse de manera convulsiva. Sufría, creí que lloraba, pero fue como si el mundo y la angustia la ahogaran y le impidieran estallar en sollozos. Me abandonó, presa de un oscuro asco, rechazándome: en un demente arrebato, se precipitó, se detuvo, en seco, hizo volar la tela de la capa, mostró las nalgas, adoptando con el trasero la postura adecuada, luego volvió y se lanzó sobre mí. Un impulso salvaje la agitaba: me golpeó con furia la cara; golpeó con los puños, en un insensato movimiento de pelea. Tropecé y caí. Ella huyó corriendo.

No me había incorporado del todo y todavía estaba de rodillas cuando ella volvió. Vociferó con una voz deshilachada, imposible, clamando al cielo y agitando de horror los brazos en el aire.
—Me ahogo —bramó—, pero tú, piel de cura, ME CAGO EN TI...
La voz acabó quebrándose y convirtiéndose en una especie de ronquido. Estiró las manos para estrangularme y se derrumbó.

Se agitó como un pedazo de gusano, presa de espasmos respiratorios. Me incliné sobre ella y tuve que arrancar el ribete de encaje del antifaz, que mordía y desgarraba con los dientes. El desorden de sus movimientos la había desnudado hasta el pubis: su desnudez tenía ahora a la vez la misma falta y el mismo exceso de sentido que un sudario. Lo más extraño –y lo más angustioso– era el silencio en el que Madame Edwarda permanecía aislada: no había comunicación posible para su sufrimiento, y me absorbí en ese callejón sin salida –en esa noche del corazón, no menos desierta ni menos hostil que el cielo hueco–. Los sobresaltos de pez que sacudían su cuerpo, la rabia innoble que expresaba su rostro malvado, calcinaban en mí la vida, y la consumía la náusea.

(Me explico: en vano habríamos hecho una concesión a la ironía al decir que Madame Edwarda es DIOS. Pero que DIOS sea una ramera de burdel y una loca, eso carece, en verdad, de sentido. En rigor, me alegra que mi tristeza sea motivo de risa:

sólo me entiende aquel cuyo corazón tiene una herida incurable, una herida de tal naturaleza que nadie jamás quiso curarse de ella...; ¿y qué hombre, herido, aceptaría «morir» de otra herida que ésta?)

Aquella noche, mientras estaba arrodillado junto a Edwarda, la conciencia de lo irremediable no era ni menos clara ni menos paralizante que en el momento en que escribo. Su sufrimiento era en mí como la verdad de una flecha: sabemos que penetra en el corazón, pero acompañada de la muerte; a la espera de la nada, lo que subsiste asume el sentido de las escorias en las que en vano se demora mi vida. Ante un silencio tan negro, hubo un salto en mi desesperación; los espasmos de Edwarda me arrancaban de mí mismo y me arrojaban despiadadamente a un más allá negro, como se entrega un condenado al verdugo.

Cuando aquel que se destina al suplicio llega, tras la interminable espera, al gran día en que se cumplirá el horror, observa los preparativos y su corazón late a punto de estallar: en su horizonte limitado, cada objeto, cada rostro adopta un sentido denso y contribuye a apretar el tornillo del que ya no puede escapar. Cuando vi a Madame Edwarda retorcerse en el suelo, me sumí en un estado de estupor similar, pero el cambio que se produjo en mí no me aislaba: la perspectiva ante la que me situaba la desdicha de Edwarda era huidiza, al igual que el objeto de una angustia; desgarrado y descompuesto, experimentaba un movimiento de potencia, a condición, al volverme malo, de odiarme a mí mismo. El vertiginoso deslizamiento que me perdía me había abierto un campo de indiferencia; ya no se trataba de preocupación, o deseo: el éxtasis desecante de la fiebre nacía, en aquel punto, de la absoluta imposibilidad de detenerse.

(Ya que me estoy desnudando, debo confesar que es decepcionante jugar con las palabras y hacer mía la lentitud de las frases. Si nadie redujera a la desnudez lo que digo, quitándole a mi texto el atuendo y la forma, escribiría en vano. (Además, sé que mi esfuerzo es desesperado: el relámpago que me deslumbra –y me fulmina– sin duda no habrá cegado otros ojos que los míos.) Sin embargo, Madame Edwarda no es el fantasma de un sueño; sus sudores han empapado mi pañuelo: me gustaría llevar a otros al punto al que llegué, llevado por ella. Este libro tiene su secreto, y debo mantenerlo en silencio: va más allá que cualquier palabra.)

La crisis se apaciguó al fin. Las convulsiones se prolongaron cierto tiempo, pero ya no contenían tanto furor: le volvió el aliento, sus rasgos se relajaron, dejaron de ser horrendos. Al límite de mis fuerzas, por un breve instante, me tumbé en la acera, a su lado. La cubrí con mi chaqueta. No pesaba mucho, y decidí llevármela; la parada de taxis no distaba demasiado de allí. Ella permaneció inerte en mis brazos. Recorrimos lentamente el trayecto, tuve que detenerme tres veces; sin embargo, Edwarda volvió a la vida y, cuando llegamos, quiso ponerse de pie: dio un paso y vaciló. La sostuve, y, apoyándose, subió al coche.

–... todavía no..., que espere... –dijo débilmente.

Pedí al chófer que no se moviera; absolutamente exhausto, subí y me dejé caer junto a Edwarda.

Permanecimos largo tiempo en silencio, Madame Edwarda, el chófer y yo, inmóviles en nuestros asientos, como si el coche estuviera en movimiento.

Edwarda me dijo al fin:

–¡Que vaya al mercado de Les Halles!

Se lo comuniqué al chófer, quien se puso en marcha.

Nos llevó por calles oscuras. Tranquila y sin prisas, Edwarda desató las cintas de su capa, que resbaló; ya no llevaba el antifaz. Se quitó la chaquetilla corta y dijo para sí en voz baja:

–Desnuda como un animal.

Hizo detener el coche golpeando el cristal, y bajó. Se acercó al chófer hasta tocarlo y dijo:

–¿Lo ves?..., estoy en cueros..., ven.

El chófer, inmóvil, miró al animal: retrocediendo, ella había levantado muy alto la pierna, quería que él viese la hendidura. Sin decir palabra y sin prisas, aquel hombre abandonó su asiento. Era sólido y tosco. Edwarda lo abrazó, se apoderó de su boca y le hurgó en la bragueta con la mano. Le dejó caer los pantalones por las piernas y le dijo:

–Ven al coche.

Él se sentó junto a mí. Siguiéndole, Edwarda montó sobre él, voluptuosa, y deslizó al chófer con su mano dentro de ella. Yo permanecí inerte, mirando; ella hizo movimientos lentos y disimulados, de los que, visiblemente, obtenía el placer supremo. El otro respondía, se entregaba brutalmente con todo su cuerpo: nacido de la intimidad al desnudo de aquellos dos seres, su abrazo llegaba poco a poco al punto de exceso en que falla el corazón. El chófer estaba trastornado, jadeante. Encendí la luz interior del coche. Erguida, a horcajadas sobre el trabajador, Edwarda echaba la cabeza hacia atrás, la cabellera colgante. Le sostuve la nuca y vi sus ojos en blanco. Arqueándose, se apoyó en la mano que la sujetaba, y la tensión aceleró su ronquido. Sus ojos volvieron a su lugar y, por un instante, pareció apaciguarse. Me vio: en aquel preciso momento, supe por su mirada que volvía de lo imposible y vi, en el fondo de ella, una vertiginosa fijeza. En la raíz misma de su ser, la marea que la inundó volvió a brotar en sus lágrimas: las lágrimas surgieron de los ojos. El amor estaba muerto en aquellos ojos; de ellos emanaba un frío de aurora y una transparencia en la que leí la muerte. Y todo se confundía en aquella mirada de sueño: los cuerpos desnudos, los dedos que abrían la carne, mi angustia y el recuerdo de la saliva en los labios; nada que no contribuyese a ese deslizamiento ciego hacia la muerte.

El goce de Edwarda –fuente de aguas vivas, manando en ella a punto de romper el corazón– se prolongaba de manera insólita: la oleada de voluptuosidad no cesaba de glorificar su ser, de volver más desnuda su desnudez, más vergonzoso su impudor. Con el cuerpo y el rostro extasiados, abandonados al indecible arrullo, tuvo, en su dulzura, una sonrisa rota: me vio en el fondo de mi aridez. Y, desde el fondo de mi tristeza, sentí liberarse el torrente de su júbilo. Mi angustia se oponía al placer que habría debido desear: el placer doloroso de Edwarda me produjo una agotadora sensación de milagro. Mi aflicción y mi fiebre me parecían poco, pero era todo lo que tenía, las únicas grandezas en mí capaces de responder al éxtasis de aquella a quien, en el fondo de un frío silencio, llamaba «corazón mío».

Los últimos escalofríos la recorrieron, lentamente; su cuerpo, aún espumoso, se relajó por fin. En el fondo del taxi, tras el amor..., el chófer quedó repantigado. Yo no había dejado de sostener a Edwarda por la nuca. Se deshizo el nudo, la ayudé a tumbarse y sequé su sudor. Con los ojos vacíos, ella se dejaba hacer. Había apagado la luz: Edwarda dormitaba, como un niño. Un mismo sueño debió de adormilarnos a los tres, a Edwarda, al chófer y a mí.

(¿Continuar? Me habría gustado, pero ¿qué importancia tiene? El interés no radica en eso. Digo lo que me oprime en el momento de escribir: ¿será todo absurdo?, o ¿tendrá sentido? Me pone enfermo pensarlo. Me despierto por la mañana, como millones de hombres y mujeres, de niños y ancianos, con nuestros sueños jamás olvidados... ¿Tendrá un sentido nuestro despertar, el mío y el de esos millones de hombres y mujeres? ¿Un sentido oculto? ¡Evidentemente oculto! Pero si nada tiene sentido, poco puedo hacer: retrocederé, y para ello recurriré a supercherías. Debería soltar la presa y entregarme al sinsentido: para mí es el verdugo, que me tortura y me mata sin una sombra de esperanza. Pero ¿y si hay un sentido? Lo ignoro hoy. ¿Y mañana? ¿Qué sé yo? No puedo concebir sentido alguno que no sea «mi» suplicio; eso sí lo sé muy bien. Y, de momento, ¡sinsentido! El Señor Sinsentido escribe, comprende que está loco: es horrible. Pero su locura, ese sinsentido –¡y qué serio se ha puesto de repente!–: ¿no será éste precisamente «el sentido»? (no, Hegel no tiene nada que ver con la «apoteosis» de una loca...). Mi vida no tiene sentido sino a condición de que yo no lo tenga, de que esté loco: que lo comprenda quien pueda, que lo comprenda quien muera...; así pues, ahí está el ser, sin saber por qué, temblando de frío...; la inmensidad y la noche lo rodean y, expresamente, él está ahí para... «no saber». ¿Y DIOS? ¿Qué decir, Señor Orador, Señor Creyente? ¿Sabe Dios, al menos? Si Dios «supiera», sería un cerdo.* ¡Señor (en mi desamparo, recurro al «corazón mío»), libérame, ciégalos! ¿Continuaré la historia?)

He terminado.

Enfermo, fui el primero en despertar del sueño que nos sumió por un tiempo en el fondo del taxi... El resto es ironía, larga espera de la muerte...

---

* He dicho: «Si Dios "supiera", sería un cerdo». Sería el que (supongo que en ese momento iría mal aseado y «despeinado») captara la idea hasta el final, pero ¿qué tendría de humano? Más allá, y de todo... más y más lejos... EL MISMO, en éxtasis por encima de un vacío... ¿Y ahora? TIEMBLO. *(N. del A.)*

*12 grabados originales
de Hans Bellmer
sobre* Madame Edwarda, *1955,
parcialmente técnica mixta
10 grabados de 18,5 x 8 cm
y 2 grabados de 5 x 8 cm
Éditions Georges Visat
París, 1965*

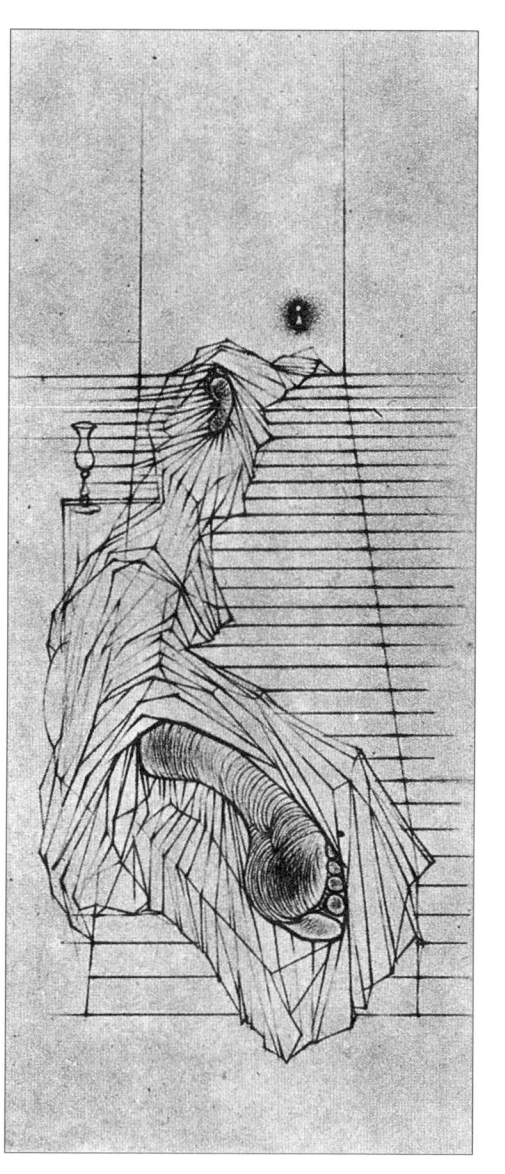

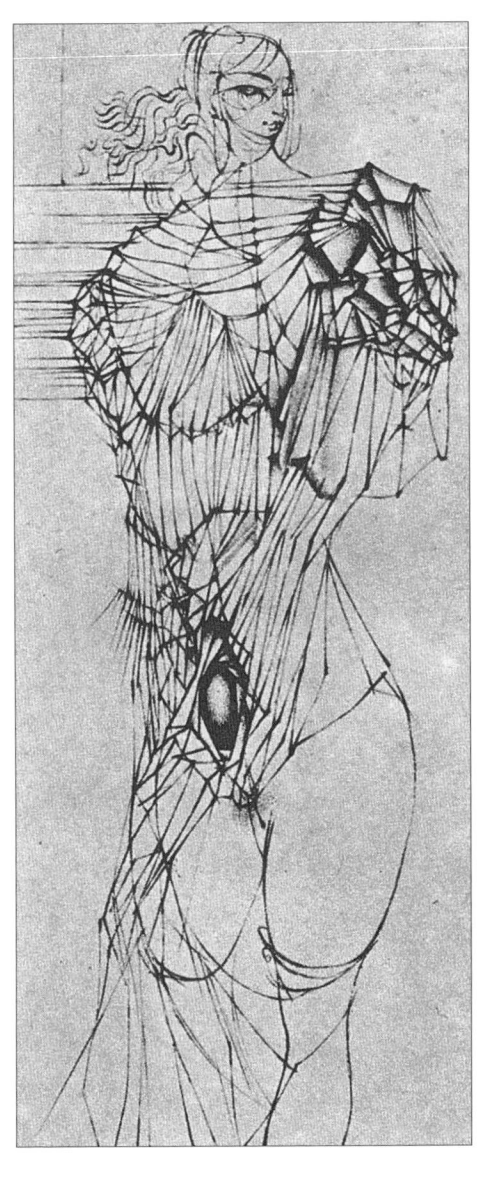

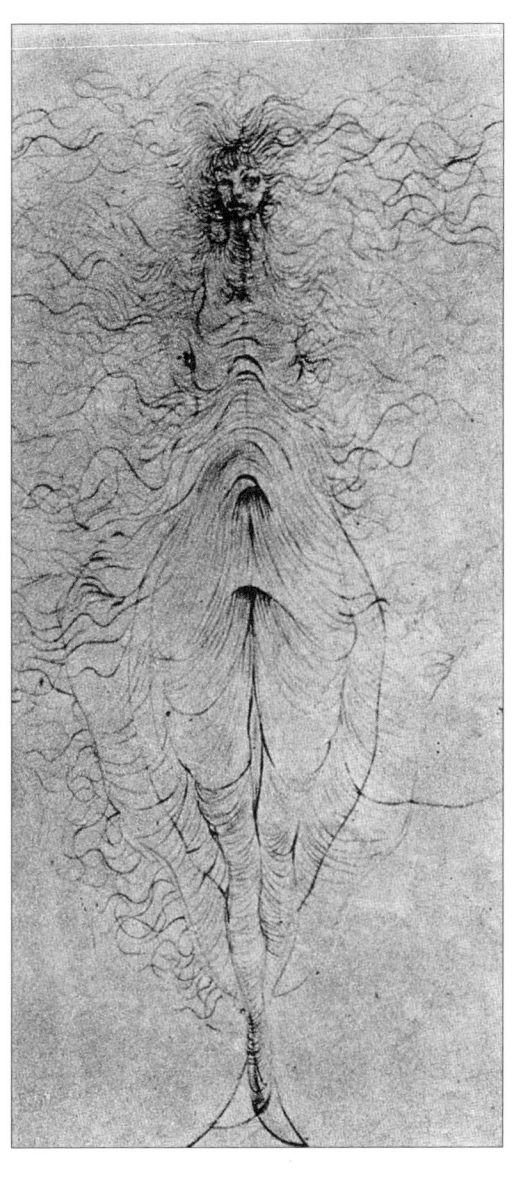

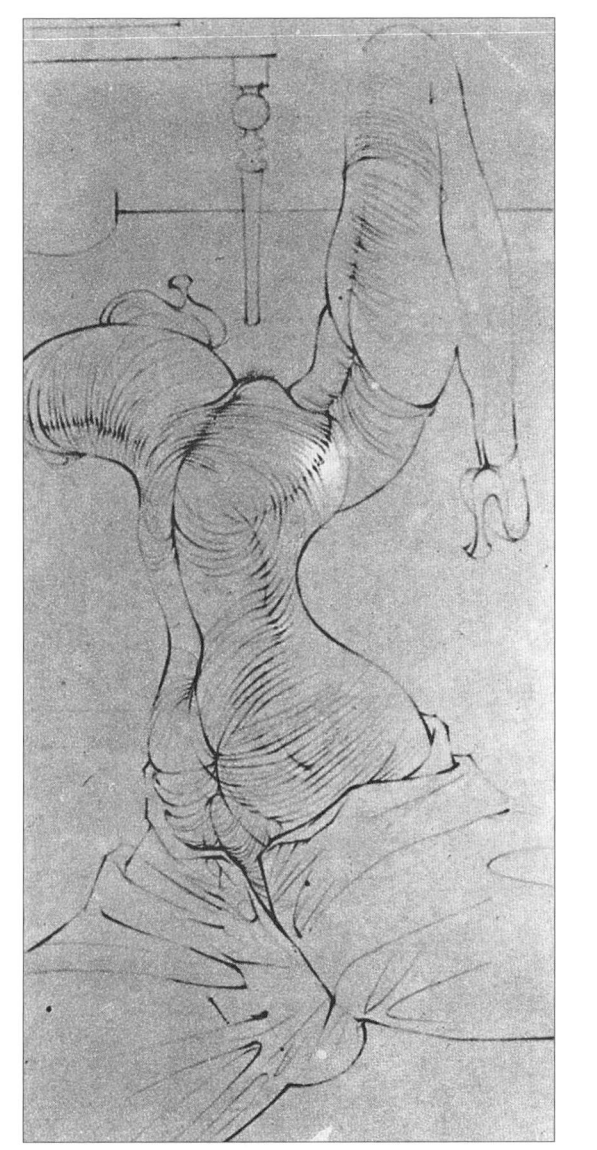

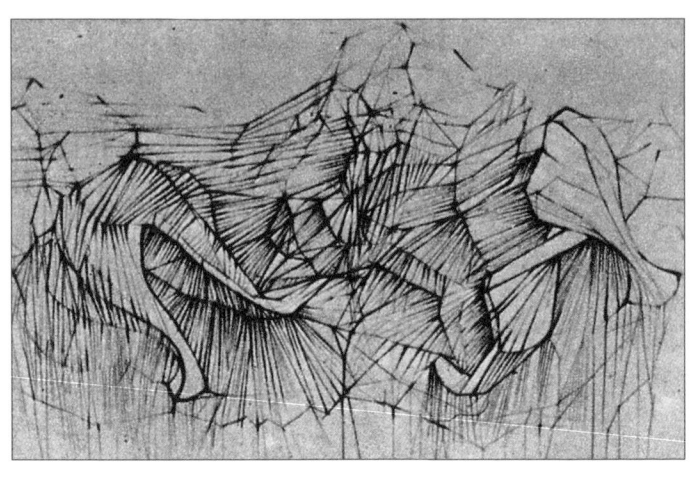

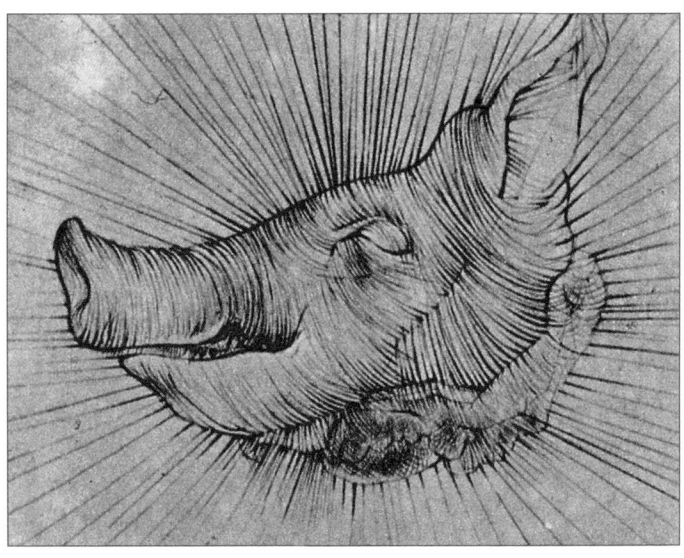

El muerto

Marie se queda sola con Édouard, muerto

Cuando Édouard se dejó caer, muerto, en ella se abrió un vacío; un largo escalofrío recorrió su cuerpo y la elevó como a un ángel. Sus senos desnudos se erguían en un altar de ensueño, en el que se consumía su percepción de lo irremediable. Allí estaba, de pie junto al muerto, ausente, más allá de sí misma, en un éxtasis lento, abrumado. Aun consciente de su desesperación, hacía caso omiso de su desespero. Édouard, al morir, le había suplicado que se desnudara.

¡No había podido hacerlo a tiempo! Allí seguía, desgreñada: sólo su pecho había emergido del vestido desgarrado.

Marie sale de casa desnuda

El tiempo acababa de negar las leyes a las que nos somete el miedo. Se quitó el vestido y se colgó del brazo el abrigo. Iba enloquecida y desnuda. Se lanzó a la calle y corrió en la noche bajo la tormenta. Sus zapatos restallaron en el lodo, y la lluvia se abatió sobre ella. Sintió una gran necesidad, que alcanzó a contener. En la suavidad de los bosques, Marie se dejó caer al suelo. Meó largamente; la orina inundaba sus piernas. En el suelo, canturreó con una voz imposible, demente:

... es desnudez
y atrocidad...

Después se levantó, se puso la gabardina y corrió por Quilly hasta la puerta de la posada.

Marie espera ante la posada

Turbada, permaneció ante la puerta sin valor para entrar. Oía en el interior gritos y cantos de mujeres y borrachos. Sintió que temblaba, pero gozaba de su temblor.

Pensó: «Entraré, y me verán desnuda». Tuvo que apoyarse en la pared. Abrió el abrigo y deslizó sus largos dedos en la raja. Escuchó, aterida de angustia, y husmeó en sus dedos el olor a sexo mal lavado. En la posada reinaba el griterío; sin embargo, se hizo un silencio. Llovía: en la oscuridad cavernaria, un viento tibio inclinaba la lluvia. Una voz de mujer cantó una melancólica canción arrabalera. Desde la noche exterior, la voz grave, velada por los muros, sonaba desgarradora. La voz enmudeció. Siguieron aplausos, pateos y una gran ovación.

Marie sollozaba en las sombras. Lloraba

en su impotencia, mordiendo con los dientes el dorso de la mano.

Marie entra en la sala de la posada

Marie temblaba porque sabía que entraría.

Abrió la puerta, dio tres pasos en la estancia: una corriente de aire cerró la puerta tras ella.

Recordó haber soñado con esa puerta cerrándose para siempre tras ella.

Mozos de cuadra, mujeres y la posadera la miraron de hito en hito.

Se quedó inmóvil en el umbral, cubierta de lodo, el pelo chorreante y la mirada airada. Parecía surgir de las ráfagas de la noche (en el exterior, se oía silbar el viento). Marie se abrió un poco el cuello del abrigo que la cubría.

Marie bebe con los mozos de cuadra

Preguntó en voz baja:
—¿Qué puedo beber?
La posadera le contestó desde el otro lado de la barra:
—¿Un calvados?
Y le sirvió un vasito en la barra. Marie lo rechazó.
—Quiero una botella y vasos grandes —dijo. Aun baja, su voz era firme. Añadió—: Beberé con ellos.
Pagó.
Un mozo, con las botas cubiertas de tierra, dijo tímidamente:
—¿Ha venido de juerga?
—Así es —dijo Marie.
Intentó sonreír: la sonrisa le atravesó el rostro como un relámpago.
Se sentó al lado del mozo, pegó su pier-

na a la suya y, tomándole la mano, la puso entre sus muslos.

Cuando el mozo tocó la raja, gimió:

–¡Virgen santa!

Muy acalorados, los demás callaban. Una de las mujeres, levantándose, le abrió un lado del abrigo.

–Fijaos –dijo–, ¡está en pelota!

Marie no ofreció resistencia y vació de un trago su vaso.

–Le gusta la leche –dijo la posadera.

Marie dejó escapar un eructo amargo.

Marie le saca la polla a un borracho

—Ya está –dijo Marie tristemente.

Los mechones de su cabello negro, empapado, se adherían a sus mejillas. Sacudió su hermosa cabeza, se levantó y se quitó el abrigo.

Un hombre grosero y torpe, que bebía en la sala, se acercó a ella. Se tambaleaba, agitando los brazos.

—¡A mí las tías en pelota! –aullaba.

La posadera le amenazó:

—¡Que te cojo por las napias!...

Lo cogió por la nariz y se la retorció. Él aulló.

—No, por ahí no –dijo Marie–. Por aquí, mejor.

Se acercó al borracho y le abrió la bragueta: sacó del calzoncillo una polla que se empinaba con torpeza.

La polla provocó una gran carcajada.

Marie, enardecida como un animal, se bebió el segundo calvados.

La posadera, con los ojos como luminarias, le tocó suavemente la hendidura del trasero:

—Es como para comérselo —dijo.

Marie llenó una vez más su vaso. El alcohol bajó cloqueando.

Empinaba el codo como si le fuera la vida en ello. El vaso le cayó de las manos. Su trasero era pálido, y la hendidura, armónica. Su suavidad iluminaba la sala.

Marie baila con Pierrot

Uno de los mozos permanecía a distancia, con una expresión llena de odio. Era un hombre demasiado guapo, enfundado en largas botas demasiado nuevas, con suelas de goma.

Marie se acercó a él con la botella en la mano. Era alta y estaba acalorada. Sus piernas vacilaban; las medias le colgaban flojas. El mozo cogió la botella y mamó de ella con avidez. Gritó con voz fuerte, inadmisible:

—¡Basta!

Y golpeó la mesa con la botella vacía.

Marie le preguntó:

—¿Quieres otra?

Él contestó con una sonrisa: la trataba como a una de sus conquistas.

Dio cuerda a la pianola. Al volver, esbozó un paso de baile, los brazos en semicírculo.

Cogió a Marie por la mano, y bailaron una java obscena.

Marie se entregó por entero al baile, mareada, la cabeza hacia atrás.

Marie cae borracha como una cuba

La posadera se levantó de repente y gritó:
—¡Pierrot!
Marie se caía: se deslizó de entre los brazos del mozo, quien dio un traspié.
El cuerpo esbelto, que se desvanecía, cayó al suelo con un gran estruendo.
—¡La muy puta! —dijo Pierrot.
Se restregó la boca con la manga de la camisa.
La posadera se precipitó. Se arrodilló e incorporó la cabeza de Marie con sumo cuidado; le salía de los labios saliva, o mejor dicho, baba.
Una joven le acercó una toalla mojada.
Marie volvió pronto en sí. Pidió débilmente:
—¡Alcohol!

–Dale un trago –dijo la posadera a una de las chicas.

Se le dio un vaso. Marie bebió y dijo:
–¡Más!

La chica le llenó el vaso. Marie se lo arrebató de las manos. Bebió como si le faltara tiempo.

Descansando entre los brazos de una de las chicas y de la posadera, levantó la cabeza:
–¡Más! –dijo.

Marie quiere hablar

Los mozos, las chicas y la posadera permanecían alrededor de Marie, al acecho de lo que diría.

Marie no pronunció más que una palabra:

–... el alba –dijo.

Y su cabeza volvió a caer pesadamente. Enferma, enferma...

–¿Qué ha dicho? –inquirió la posadera.

Nadie pudo contestar.

Pierrot lame a Maria

Entonces, la posadera dijo al hermoso Pierrot:
–Lámela.
–¿La sentamos en una silla? –dijo una chica.
Levantaron el cuerpo de Marie y le acomodaron el culo en la silla.
Pierrot, tras arrodillarse, se colocó las piernas de ella por encima de sus hombros.
El hermoso muchacho esbozó una sonrisa de conquista y hundió su lengua como un dardo en la mata de pelos.
Enferma, iluminada, Marie parecía feliz; sonreía sin abrir los ojos.

Marie besa a la posadera en la boca

Marie se sintió iluminada, helada, pero se consumía sin medida, vaciaba su vida por la alcantarilla.

Un impotente deseo la mantenía en tensión: le habría gustado descargar el vientre. Imaginó el pavor de los demás. Nada la separaba ya de Édouard.

El coño y el culo desnudos: el olor a culo y a coño mojados liberaba su corazón, y la lengua de Pierrot, que la mojaba, le sabía al frío del muerto.

Ebria de alcohol y lágrimas, aun sin llanto, aspiraba ese frío con la boca abierta: atrajo hacia sí la cabeza de la posadera, abriendo a las caries el voluptuoso abismo de sus labios.

Marie bebe de la botella

Marie apartó de sí a la posadera y vio aquella cabeza despeinada, desorbitada de júbilo. El rostro de la varonil mujer resplandecía de ebria suavidad. Ella también estaba ebria, ebria a punto de cantar: devotas lágrimas le inundaron los ojos.

Mirando aquellas lágrimas, sin ver nada más, Marie se dejaba llevar embelesada por la luz del muerto.

–Tengo sed –dijo.

Pierrot chupaba, jadeante.

La posadera, obsequiosa, le dio una botella.

Marie bebió a largos tragos y la vació.

Marie goza

... un tropel, un grito de terror, el estallido de botellas rotas, los muslos de Marie se sacudieron como los de una rana. Los mozos se empujaban unos a otros a gritos. La posadera atendió a Marie, la recostó en un banco.

Sus ojos permanecían vacíos, extasiados.

Fuera, las ráfagas de viento se desencadenaban. Los batientes de las persianas golpeaban en la noche.

–Escuchad –dijo la posadera.

Se oía el ulular del viento en los árboles, cual largo gemido, como la llamada de una loca.

De pronto, se abrió la puerta de par en par, y una ráfaga de viento penetró en la estancia. Al instante, Marie, desnuda, se puso en pie.

–¡*Édouard!* –gritó.

Y la angustia convirtió su voz en prolongación del viento.

Encuentro de Marie con un enano

De aquella noche de tempestad surgió un hombre, que intentaba plegar con dificultad su paraguas: su silueta de rata se perfilaba en el umbral de la puerta.

—¡Rápido, señor conde, entre! —dijo la posadera, trastabillando.

El enano avanzó unos pasos sin responder.

—Está usted empapado —siguió la posadera cerrando la puerta.

Una sorprendente gravedad se desprendía de aquel hombrecillo, ancho y jorobado, cuya enorme cabeza arrancaba directamente de entre los hombros.

Saludó a Marie y, después, se volvió hacia los mozos.

—Buenas noches, Pierrot —dijo, dándole la mano—, quítame el abrigo, ¿quieres?

Pierrot ayudó al conde a sacarse el abrigo. El conde le pellizcó la pierna.

Pierrot sonrió. El conde saludó amablemente a los demás.

–¿Me permite? –preguntó inclinándose.

Se sentó a la mesa de Marie, frente a ella.

–Traed botellas –dijo el conde.

–Bebí tanto –dijo una chica– que mearía en la silla.

–Pues beba hasta cagar, hija mía...

Se detuvo en seco, frotándose las manos.

Sus gestos denotaban bastante desenvoltura.

Marie ve el fantasma de Édouard

Marie permanecía inmóvil, mirando al conde; la cabeza le daba vueltas.
—Sirve —dijo.
El conde llenó dos vasos.
Añadió, muy quieta:
—Moriré al alba...
El conde paseó por el rostro de Marie su mirada azul acero.
Las cejas rubias se enarcaron, poniendo en evidencia las arrugas de la frente demasiado ancha.
Marie levantó su copa y dijo:
—¡Bebe!
El conde también levantó la suya y bebió: vaciaron sus copas a la vez, de un trago.
La posadera fue a sentarse al lado de Marie.
—Tengo miedo —dijo Marie.

Sus ojos seguían fijos en el conde.

Tuvo una especie de hipo: murmuró con voz de loca al oído de la vieja:

—Es el fantasma de Édouard.

—¿Qué Édouard? —preguntó la posadera en voz baja.

—Murió —dijo Marie con la misma voz.

Cogió la mano de la otra y la mordió.

—¡Hija de puta! —gritó la mujer a la que había mordido. Pero, tras liberar su mano, acarició a Marie y, besándole el hombro, dijo al conde—: Pese a todo, es dulce.

Marie se sube al banco

El conde preguntó a su vez:
—¿Quién es Édouard?
—¿Ya no sabes quién eres? —dijo Marie.
Esta vez, su voz se quebró.
—Dale de beber —pidió Marie a la posadera.
Parecía estar al límite de sus fuerzas.
El conde apuró el calvados y confesó:
—El alcohol no me hace mucho efecto.
El hombrecillo rechoncho, de cabeza demasiado grande, contempló a Marie con mirada lúgubre, como con la intención de incordiar.
Examinó todo lo demás con la misma mirada, la cabeza erguida entre los hombros.
Llamó:
—¡Pierrot!
El mozo se acercó.

–Esta joven –dijo el enano– me la pone tiesa. ¿Quieres sentarte aquí?

El mozo se sentó, y el conde añadió alegremente:

–Sé bueno, Pierrot, hazme una paja. No me atrevo a pedirle a esta jovencita... –Sonrió–. No está, como tú, acostumbrada a los monstruos.

En aquel mismo instante, Marie se subió al banco.

Marie mea encima del conde

—Tengo miedo —dijo Marie—. Pareces un mojón.

El conde no contestó. Pierrot le agarró la polla.

Y, en efecto, seguía impasible, como un mojón.

—Vete —le dijo Marie—, de lo contrario me mearé encima de ti...

Subió a la mesa y se acuclilló.

—Me haría usted feliz —contestó el monstruo.

Su cuello no tenía flexibilidad alguna: cuando hablaba, sólo se le movía el mentón.

Marie meó.

Pierrot se la meneaba vigorosamente al conde, cuyo rostro recibió el primer chorro de orina.

El conde rugió, y la orina lo inundó. Pierrot se la meneaba como si jodiera, y la polla escupió la leche en el chaleco. El enano bramaba con pequeños estertores que lo sacudían de la cabeza a los pies.

Marie se empapa de orina

Marie seguía meando.

Encima de la mesa, entre vasos y botellas, se empapaba las manos con su propia orina.

Se inundaba las piernas, el culo y la cara.

–Mira –dijo–, soy hermosa.

Acuclillada, con el coño a la altura de la cabeza del enano, se abrió horriblemente los labios.

Marie cae sobre el monstruo

Marie esbozó una sonrisa llena de hiel.
Una visión de horror malvado...
Uno de sus pies resbaló; el coño golpeó la cabeza del conde.
Éste perdió el equilibrio y cayó.
Los dos se desplomaron gritando, en medio de un asombroso estruendo.

Marie le muerde la polla al enano

En el suelo, la confusión de cuerpos enredados era horrible.

Marie se liberó y le mordió la polla al enano, que berreaba.

Pierrot se echó sobre Marie. Le estiró los brazos en cruz; los demás le sujetaron las piernas.

Marie gimió:

–Déjame.

Después, calló.

Jadeaba, los ojos cerrados.

Abrió los ojos. Pierrot, rojo, sudado, estaba sobre ella.

–Fóllame –dijo ella.

Pierrot folla a Marie

–Fóllala, Pierrot –dijo la posadera.
Se agitaron alrededor de la víctima.
Marie dejó caer la cabeza, molesta por aquellos preparativos. Los demás la estiraron, le abrieron las piernas. Respiraba rápida y ruidosamente.
La escena, por su lentitud, evocaba la matanza de un cerdo, o el entierro de un dios.
Cuando Pierrot se hubo quitado los pantalones, el conde exigió que se desnudara del todo.
El efebo se abalanzó como un toro: el conde facilitó la entrada de la polla. La víctima reaccionó y se debatió: un cuerpo a cuerpo de un indecible odio.
Los demás miraban, los labios resecos, extasiados ante aquel frenesí. Los cuerpos, unidos por la polla de Pierrot, rodaban de-

batiéndose en el suelo. Por fin, arqueándose a punto de estallar, el mozo berreó sin aliento, babeante; Marie respondió con un espasmo de muerte.

Marie escucha los pájaros del bosque

... Marie volvió en sí.

Oía el gorjeo de los pájaros en las ramas de un bosque.

Los trinos, de una infinita delicadeza, huían sibilantes de un árbol a otro. Tumbada sobre la hierba, mojada, vio que el cielo estaba despejado: en aquel momento, despuntaba el día.

Sintió frío, se notó presa de una gélida felicidad, suspendida en un ininteligible vacío. No obstante, ¡cuánto le habría gustado levantar, despacio, la cabeza! Pero, aunque cada vez volviera a desplomarse de agotamiento, permanecía fiel a la luz, al follaje, a los pájaros que poblaban los bosques. Por su memoria cruzó por un instante el recuerdo de infantiles timideces. Vio de pronto, inclinada sobre ella, la ancha y sólida cabeza del conde.

Marie vomita

Lo que Marie leyó en los ojos del enano era la insistencia de la muerte: aquel rostro, al que una espantosa obsesión volvía cínico, no expresaba sino infinito desencanto. Marie sintió un arrebato de odio y, al ver acercarse la muerte, tuvo mucho miedo.

Se irguió, apretando los dientes, ante el monstruo arrodillado.

Una vez en pie, se estremeció.

Retrocedió, miró al conde y vomitó.

–Ya ves –dijo ella.

–¿Aliviada? –preguntó el conde.

–No –respondió ella.

Miró el vómito a sus pies. Su abrigo roto apenas la cubría.

–¿Adónde vamos? –inquirió ella.

–A su casa –contestó el conde.

Marie caga encima del vómito

–¿A mi casa? –gimió Marie, y la cabeza volvió a darle vueltas–. ¿Acaso eres el diablo para querer ir a casa? –preguntó entonces.

–Sí –contestó el enano–, ya me lo han dicho otras veces.

–¡El diablo! –dijo Marie–. ¡Pues me cago en el diablo!

–Acaba usted de vomitar.

–Pues ahora cagaré.

Se acuclilló y cagó encima del vómito.

El monstruo seguía arrodillado.

Marie se apoyó en un roble. Sudaba, aterida.

Dijo:

–Todo eso no es nada. Pero *en casa* tendrás miedo... Demasiado tarde... –Sacudió la cabeza y, como una salvaje, se abalanzó bruscamente sobre el enano, lo cogió por el cuello y gritó–: ¿Vienes?

–Encantado –dijo el conde. Y añadió, casi en voz baja–: Esta mujer me gusta.

Marie se lleva al conde

Marie lo oyó; se limitó a mirar al conde. Él se levantó.
—Jamás —murmuró él—, jamás nadie me ha hablado así.
—Si quieres, puedes irte —dijo ella—. Pero si vienes...
El conde la interrumpió con sequedad:
—La sigo. Usted será mía.
Marie añadió con violencia:
—Ya es hora —dijo—, ven.

Marie y el gnomo entran en la casa

Caminaron rápidamente.
Cuando llegaron, amanecía. Marie empujó la reja. Se encaminaron por una alameda bordeada de viejos árboles: el sol iluminó las crestas.

Pese a su hosquedad, Marie se sabía cómplice del sol. Introdujo al conde en su alcoba.

–Se acabó –dijo.

Se sentía a la vez exhausta, indiferente y llena de odio.

–Desnúdate –añadió–, te espero en la habitación contigua.

El conde se desnudó sin prisas.

El sol, filtrado por las ramas, llenaba la pared de motas luminosas, y las motas bailaban a la luz del día naciente.

Marie muere

Al conde se le puso tiesa.
Su polla era larga y rosada.
Su cuerpo desnudo y su polla eran diabólicamente deformes. Su rostro, entre los hombros angulosos y demasiado altos, estaba muy pálido y desafiante a la vez.
Deseaba a Marie y todos sus pensamientos estaban prendidos a ese deseo.
Empujó la puerta. Tristemente desnuda, Marie lo esperaba delante de la cama, provocativa y fea: la ebriedad y el cansancio la habían vencido.
–¿Qué te ocurre? –dijo Marie.
El muerto, allí caído, llenaba la alcoba...
Suavemente, el conde balbuceó:
–... no sabía...
Tuvo que apoyarse en un mueble; el conde perdió la erección.

Marie esbozó una espantosa sonrisa.
—¡Ya está! —dijo.
Tenía un aire soez al abrir la mano derecha y enseñar una ampolla hecha añicos.
Por fin, cayó.

Marie acompaña al muerto bajo tierra

... Por fin el conde vio aparecer los dos ataúdes, uno tras otro, camino del cementerio, paso a paso.
El enano murmuró entre dientes:
–Esa mujer pudo conmigo...
No vio el canal y se dejó deslizar.
Un ruido sordo perturbó un instante el silencio del agua.

Quedaba el sol.